작가 **오정엽**

모바일 혁명의 중심에서 디지털의 삶을 살
아온 중년의 UX 디자이너. 사용자 경험을
위해 스스로의 경험을 탐닉하는 얼리어답
터이자 취미 부자로서, 새로운 문물의 설
렘을 동력 삼아 일상을 여행처럼 즐긴다.
이제는 차가운 기기와 좁은 화면 대신 하
늘 위의 렌즈로 세상을 넓게 조망하며 영상
작가로서의 인생 2막 이륙을 준비 중이다.

@digital_factory

네 개의 날개, 네 가지 행복 쿼드콥터 드론

CONTENTS

내 삶을 띄워 올린 네 개의 날개

쿼드콥터(Quadcopter)란?

이름 그대로 4개(Quad)의 날개(프로펠러)가 달린 무인 비행 장치를 말한다. 우리가 흔히 '드론' 하면 떠올리는 그 'X'자 모양의 기계가 바로 이 녀석이다. 엄밀히 말해 드론(Drone)은 조종사가 탑승하지 않는 무인 비행체 전반을 아우르는 말이지만, 내가 이 책에서 이야기하려는 주인공은 거창한 산업용 기체가 아니다. 여행용 백팩 한구석에 쏙 들어가는, 작지만 단단한 촬영용 쿼드콥터다. (편의상 앞으로는 우리에게 익숙한 이름인 '드론'이라 부르기로 한다.)

지금이야 TV 예능이나 유튜브 어디서든 드론 영상을 접하는 게 예삿일이 됐지만, 시계를 조금만 뒤로 돌려보자. 내가 녀석을 처음 만났던 2017년만 해도 드론은 실물을 구경하기조차 힘든 희귀한 물건이었다.

그 무렵 신제품 드론을 처음 손에 쥐었을 때의 전율은 지금도 생생하다. 자타공인 얼리어답터이자 오랜 시간 UX 디자이너로 일하며 온갖 첨단 기기의 진화를 최전선에서 목격해 왔지만, 드론이 안겨준 충격은 차원 자체가 달랐다. 땅에 두 발을 딛고 찍는 사진의 공식 따위는 보란 듯이 무시해 버리는 시각적 파격, 여기에 짜릿한 무선 조종(RC)의 손맛까지. 이 기이하고도 매혹적인 신문물 앞에, 나는 속수무책으로 빠져들 수밖에 없었다.

이 책은 드론과 함께한 8년의 비행 기록이다.

미리 일러두자면, 이 글은 드론을 잘 날리는 기술이나 기기별 스펙을 나열하는 사용 설명서가 아니다.

대신 새롭고 신기한 기기라면 기어이 써봐야 직성이 풀리는 얼리어답터이자, 세상의 온갖 재미난 것들을 탐닉해 온 취미 부자가 하늘이라는 새로운 놀이터를 만난 기록이다. 직업병처럼 사용자 경험(UX)을 따지던 디자이너가, 완벽하게 새로운 비행 경험에 압도당해 온전히 몰입해 온 과정이기도 하다.

어떤 날은 추락의 쓰라림을 맛봤고, 어떤 날은 구름 위를 유영하는 황홀경을 만났다. 하늘에서 내려다본 세상은 내가 알던 곳이면서 동시에 전혀 다른 낯선 행성이었다. 그 낯선 시선이 주는 짜릿함이 좋아서, 나는 주말마다 배터리를 충전하고 길을 나섰다.

이제 좁은 사각의 모니터를 벗어나, 하늘 위의 시선으로 세상의 잠재력을 넓게 조망해 보려 한다. 단순히 낯선 풍경을 마주하는 것을 넘어, 우리 삶의 새로운 가능성과 다가올 미래를 발견하고 싶은 당신에게, 이 책이 현실의 묵직한 중력을 거스르는 시원한 상승기류가 되어주길 바란다.

자, 이제 날개를 돌릴 시간이다.

땅에서는 볼 수 없는 세상의 표정

시작은 그저 비싼 장난감

나의 첫 드론은 이름부터가 톡톡 튀는 DJI 스파크 (Spark)였다. 손바닥 위에 쏙 올라가는 앙증맞은 크기에 장난감처럼 귀여운 외모. 당시 스마트폰 가격이 이미 100만 원을 훌쩍 넘어가고, 액션캠의 시조새 격인 고프로가 50만 원대였던 걸 떠올려보면, 추가 배터리와 가방까지 포함된 패키지가 70만 원 언저리라는 건 꽤나 합리적인 유혹이었다. 나는 이 가격을 새로운 '어른이' 장난감에 대한 투자라며 기분 좋게 합리화했다.

하지만 그 작고 하얀 녀석의 실체를 깨닫는 데는 그리 오랜 시간이 걸리지 않았다. 설정을 간단히 마치고 설레는 마음으로 방 안에서 시동을 건 순간, 나는 내가 얼마나 엄청난 실수를 저질렀는지 온몸으로 깨달았다.

'위이이잉-!!'

작은 고추가 맵다더니, 이 녀석은 매운 게 아니라 시끄러웠다. 녀석은 마치 성난 벌떼처럼 앙칼진 고주파음을 쏟아냈다. 프로펠러가 작을수록 양력을 얻기 위해 더 빨리 회전해야 한다는 물리 법칙을 그때는 미처 몰랐던 탓이다. 헤어 드라이어는 명함도 못 내밀 소음과 함께, 책상 위는 순식간에 초토화되었다. 얌전히 놓여있던 노트와 메모지들이 방구석 태풍에 휘말려 춤을 추는 꼴이라니. 나는 황급히 녀석을 내리고 밖으로 이동해야 했다.

진정한 첫 비행은 집 근처 학교 운동장에서 이루어졌다. 처음 보는 사람들은 복잡해 보이는 조종기 스틱에 겁부터 먹지만, 사실 드론 조종은 생각보다 직관적이다. 왼쪽 스틱으로 이륙과 착륙, 그리고 제자리 회전을 담당하고, 오른쪽 스틱으로 전후좌우 이동을 명령한다. 제조사의 연습 프로그램 덕분일까, 녀석은 내 손가락 끝에서 잠자리처럼 꽤나 안정적으로 하늘에 멈춰 섰다.

그리고 첫 촬영, 스마트폰 화면으로 전송되는 실시간 화면. 하지만 감동적인 첫 샷을 기대했던 것과 달리, 화면 속 풍경은 정신없이 흔들렸다. 뭘 찍어야 할지 몰라 카메라를 두리번두리번, 기체를 왔다 갔다 우왕좌왕. 그 모습은 마치 땅속에서 평생을 살다 처음 하늘 밖으로 고개를 내민 두더지 같았다.

카메라 설정이나 진지한 프레이밍은 꿈도 꾸지 못했다. 그저 내 손짓에 따라 저 멀리 날아갔다 돌아오는 이 신기한 물체. 당시의 나에게 드론은 멋진 촬영 장비라기보다는, 하늘을 나는 어른을 위한 무선 조종 장난감에 가까웠다. 사실 그런 어설픈 태도는 어쩌면 당연한 일이었다. 그 시절 나에게 드론은 세상을 담는 카메라가 아니라, 그저 내 호기심을 자극하는 신기한 가젯(Gadget) 그 자체였으니까.

IT 업계에 몸담고 있는 탓일까, 아니면 덕분일까.

나는 밥 먹듯 쏟아지는 새로운 전자기기들 앞에서 유독 약한 모습을 보이곤 했다. 이번 드론 구매 역시 예술혼을 불태우기 위함이 아니었다. 그저 주기적으로 찾아오는 고질병, 지름신이 도져버린 결과였고, 따끈따끈한 신상을 손에 넣었다는 자기만족, 딱 그 이상도 그 이하도 아니었다.

그렇기에 나의 초기 비행은 지극히 단순했다. 가끔 친구들을 만나는 날이면 차 트렁크에서 주섬주섬 드론을 꺼낸다. 근처 공터에 자리를 잡고 '위잉-' 소리와 함께 기체를 공중에 띄우면, 친구들의 입에서 터져 나오는 "오~" 하는 감탄사. 그 짧은 우쭐함을 즐기며 공중에서 몇 바퀴 뱅글뱅글 돌려보는 것. 그것이 70만 원짜리 장난감이 수행하는 유일한 임무였다. 그때는 미처 알지 못했다. 이 가벼운 장난감이 훗날 내 주말을 통째로 집어삼키게 될 줄은.

하지만 뜨거웠던 첫 만남의 열기는 생각보다 빨리 식어버렸다. 손에 익을 만하니 금세 흥미가 떨어진 것이다. 어쩌면 이는 얼리어답터의 숙명 같은 것일지도 모르겠다. 세상엔 내 호기심을 자극하는 신상

기기들이 매달 쏟아져 나왔고 자타공인 취미 부자로서 주된 관심사는 최신형 스마트폰에서 고사양 게임기로, 다시 새로운 액션캠으로 널뛰기하듯 옮겨 다녔다. 드론은 그 수많은 흥미로운 전리품 중 하나로서 순번이 자연스럽게 밀려버린 셈이다.

하늘길이 막히자, 새로운 시선이 열렸다

틈틈이 떠나는 해외여행에서도 드론의 입지는 좁았다. 가끔 나가는 여행이기에 짐은 최대한 가볍고 싶었고, 충전하고 세팅하고 조종까지 신경 써야 하는 장비는 챙겨가기엔 번거로운—묘하게 계륵 같은 존재로 느껴졌다.

"이번엔 그냥 눈으로만 담고 오자."

그렇게 몇 번의 여행에서 제외되다 보니, 귀여웠던 스파크는 거실 선반 위에서 먼지만 뽀얗게 뒤집어쓴 채 그럴싸한 인테리어 소품, 즉 비싼 장식품으로 전락하고 말았다.

그러던 어느 날, 예고 없이 그 시절이 닥쳤다. 코로

나 팬데믹. 청천벽력처럼 길이 막히고, 사람과 사람 사이엔 보이지 않는 벽이 세워졌다. 사회적 거리두기라는 낯선 단어가 일상을 잠식했고, 여행 가방엔 뿌연 먼지만 내려앉기 시작했다. 갑갑했다. 어쩌면 다시는 자유롭게 떠나지 못할지도 모른다는 불안이 방 구석을 무겁게 짓누르던 날들이었다.

아이러니하게도, 굳게 닫힌 문은 나를 다시 조종기 앞으로 이끌었다. 갈 곳 잃은 시선이 향한 곳은 거실 선반 위, 먼지 쌓인 스파크였다. 한동안 장식품처럼 놓여 있던 그 기체를 내려 배터리를 충전하고, 오랜만에 앱을 켰다. 그리고 사람 없는 교외의 한적한 장소를 찾아 차를 몰았다.

등잔 밑이 아름답다

그렇게 본격적인 비행이 시작됐다. 마스크로 입을 가리고 서로를 멀리하던 삭막한 시절은, 내게 뜻밖의 통로를 열어 주었다. 사람들 틈에 섞일 필요 없이 떠나는 언택트(Untact) 여행. 그리고 그 고요한 풍경 위로 올리는 프레임 하나. 화면 속 세계는 낯설 만큼 차분했고, 그 차분함이 오히려 안전한 일탈이 되어주었다.

초급 기체로 시작했던 비행은 어느새 상위 기종으로 몇 차례 업그레이드되었다. 이동과 시간, 그 자유를 위해 차 지붕 위에 얹는 루프탑 텐트도 중고로 마련했다. 그렇게 완성된 이동식 스튜디오로 나는 매주 주말이면 도망치듯 도시를 빠져나왔다. 금요일 밤 퇴근과 동시에 짐을 꾸리고, 수십 년을 발붙이고 살면서도 미처 모르고 지나친 우리 땅의 아름다움을 다시 확인하는 시간이었다.

촬영지에서 차박을 하고 맞이하는 새벽, 누구보다 먼저 마주하는 일출의 붉은 벽차오름. 그리고 해가 낮게 걸릴 때 찾아오는 골든아워(Golden Hour)—일출 직후와 일몰 직전, 하루에 두 번 세상이 부드러운 금빛으로 바뀌는 시간. 비행기 표는 끊을 수 없었지만, 나는 고도를 조금씩 올려가며 이 땅의 풍경을 새로 읽기 시작했다. 이 작은 장비는 쳇바퀴처럼 갇혀 있던 나를 꺼내, 더 넓은 세계와 다시 연결해 준 끈이 되었다. 그렇게 우리는 가장 외로웠던 시절에 가장 뜨겁게 가까워졌다.

등잔 밑이 어둡다더니. 내가 가보지 못한 곳, 알지 못한 풍경이 이 좁은 땅덩어리 안에 이렇게나 많이 숨어 있었다니. 나는 서점에 들러 커다란 전국 지도를 하나 샀다. 그리고 마치 게임 속 도장 깨기 퀘스트를 수행하듯, 다녀온 곳들을 하나하나 표시하기 시작했다. 지도 위의 빈칸이 채워질 때마다 내 주말도 밀도 높은 행복으로 채워졌다.

고도에서 내려다보는 방식으로 풍경을 보기 시작하면서 비로소 깨달은 사실이 있다. 멋진 장면을 위해 굳이 비행기를 타고 지구 반대편까지 날아가 유명한 랜드마크 앞에 줄을 설 필요는 없다는 것. 화려한 건축물이 없어도 괜찮았다. 익숙했던 동네 뒷산도, 흔해 빠진 서해안의 갯벌도, 위에서 한 번 읽어내면 전혀 다른 표정을 갖게 되니까.

중요한 건 무엇을 찍느냐가 아니었다. 그 위로 쏟아지는 빛을 어떻게 담아내느냐였다. 시시각각 변하는 태양의 높이와 구름의 흐름, 그 찰나가 만들어내는 오묘한 스펙트럼이 평범한 풍경을 예술 작품으로 바꿔놓았다. 나는 그렇게 매번 다른 빛깔의 하루를 마주하며 비로소 여행의 참맛에 눈을 뜨게 되었다.

지붕 위의 텐트로 1분이면 완성되는 이동식 스튜디오

제법 쓰임새 많은 반려기기

나는 드론을 '반려기기'라고 부른다. 반려견, 반려
묘도 아닌 반려기기라니. 누군가는 기계 오타쿠나
얼리어답터의 궤변이라며 웃을지 모르겠다. 하지만
150미터 상공, 내 눈이 닿지 않는 곳에서 오로지 전
파 하나에 의지해 비행하는 녀석을 보고 있노라면,
녀석은 단순한 기계 덩어리가 아니다. 내 손짓 하나
에 즉각 반응하고, 나를 대신해 위험한 절벽 너머를
보고 돌아오는 듬직한 파트너다.

한창 녀석에게 빠져 지낼 땐 이런 일도 있었다. 해
가 긴 여름날이면 새벽같이 일어나 차로 30분을 달
려 일출을 찍고 출근을 했다. 남들이 잠든 시간, 붉게

타오르는 태양을 녀석과 함께 마중하고 회사로 향하는 길. 돌이켜보면 그 순간 순간은 세상 무엇과도 견줄 수 없을 만큼 벅찬 행복이었다.

물론 이 진구가 항상 나에게 평화와 감동만 주는 건 아니다. (곧 털어놓겠지만, 녀석은 가끔 예기치 못한 충돌이나 추락으로 내 심장을 쫄깃하게 만든다.)

그럼에도 불구하고 나는 왜 이 시끄러운 녀석을 놓지 못하는가. 아니, 왜 만나는 지인들마다 "너도 반려 드론 한번 키워봐"라며 전도사를 자처하는가.

비싸지만 싸다? 하늘 구독료는 공짜!

드론을 날리고 있으면 주변을 산책하던 어르신이나 아이들이 호기심 가득한 눈으로 슬그머니 다가오곤 한다. 쏟아지는 질문 세례 중 부동의 1위는 단연 이것이다. "이런 건 얼마나 해요?"

까마득한 상공을 비행하며 선명한 풍경을 실시간으로 전송해 주는 걸 보면, 으레 상당히 고가일 것이라 짐작하기 때문이다. 물론 부정하지 않겠다. 드론은 결코 만만한 가격의 장난감이 아니다. 나 역시 결제 버튼을 누를 때마다 손이 파르르 떨리곤 하니까. 하지만 나는 감히 말할 수 있다. 드론은 초기 비용은 비싸지만, 유지비만큼은 '0원'에 수렴하는 기적의 가성비 취미라고.

생각해 보라. 카메라는 일명 '렌즈 지옥'에 빠지면 기둥뿌리가 뽑히고, 게임기는 소프트웨어를 사 모으다 보면 배보다 배꼽이 더 커지는 경험을 하게 된다. 골프는 또 어떤가. 필드에 나갈 때마다 지갑이 가벼워진다.

하지만 드론은? 한 번 사면 끝이다. 추가 렌즈도, 소프트웨어 구매도 필요 없고, 하늘을 나는 데 필요한 '통신 요금'이나 '하늘 구독료' 따위도 없다. 초기 비용만 투자하면 대한민국의 하늘을 공짜로 빌릴 수 있으니, 이것이야말로 '비싸지만 싼' 취미가 아닐까.

물론 뒤에서 언급할 충돌이나 추락 사고라는 변수가 있긴 하다. 하지만 다행히 최근엔 제조사의 종합 보상 서비스가 잘 갖춰져 있다. 초기 구입 시 보험을 함께 들어 놓으면, 1년에 2회까지는 파손된 기체를 아주 저렴한 비용으로 새것처럼 교체해 준다. 마음 편한 비행을 위한 '자유 이용권'이라 생각하면 이 또한 아깝지 않다.

집사를 움직이는 반려기기

만약 당신이 서울에 산다면 드론은 그야말로 계륵일지도 모른다. 청와대, 공항, 군사시설…. 분단국가의 수도답게 서울의 하늘은 온통 '비행금지구역'이라는 철옹성으로 묶여 있다. 개인이 서울 시내에서 자유롭게 드론을 날리는 건 거의 불가능에 가깝다고 생각하는 편이 정신 건강에 이롭다.

그런데 이 치명적인 단점이 역설적으로 강제 여행이라는 뜻밖의 선물을 준다. 드론을 날리고 싶어 몸이 근질거리면, 어쩔 수 없이 서울을 벗어나야 하기 때문이다. 삼면이 바다요, 국토의 70%가 산인 대한민국 아닌가. 굳이 주말까지 기다릴 필요도 없다. 아침 출근길에 잠시 핸들을 꺾어 교외의 일출을 담고 올 수 있을 정도로, 조금만 차를 몰고 나가면 그곳이

곧 드론의 천국이다.

장롱 속에 처박아 두지 않는 이상, 드론은 집돌이인 주인을 기어코 밖으로 끌어낸다. 덕분에 나는 주말마다 방구석 탈출에 성공하고, 덤으로 우리나라의 숨은 비경들을 마주하게 된다. 강아지가 주인을 산책시키듯, 기계가 인간을 여행시키는 신개념 반려기기인 셈이다.

아웃도어 라이프의 완벽한 단짝

자전거, 캠핑, 서핑, 등산…. 당신이 만약 아웃도어 마니아라면 드론은 선택이 아니라 필수에 가깝다. 내 머리 위를 따라다니며 찍어주는 드론 영상은 나를 순식간에 영화 속 주인공으로 만들어주니까.

아슬아슬한 절벽 끝에서의 단체 인증샷? 드론이라면 식은 죽 먹기다. 셀카봉으로는 절대 담을 수 없는 압도적인 스케일의 항공 셀피는 덤이다. 심지어 자신의 운동 자세를 하늘에서 내려다보며 교정할 수도 있고, 고글을 쓰고 내가 직접 조종석에 앉은 듯한 속도감을 즐기는 FPV(First Person View) 드론에 빠지면 그 자체로 익스트림 스포츠가 된다. 드론은 아웃도어 경험을 입체적으로 확장해 주는 가장 완벽한 짝꿍이다.

낚시꾼과 로맨티시스트를 위한 필살기

드론의 능력은 의외로 엉뚱한 곳에서 빛을 발한다. 낚시꾼들에게 드론은 최첨단 필살기다. 사람의 팔 힘으로는 절대 닿지 않는 먼 바다까지 미끼를 매달고 날아가 정확히 투하해 준다. 드론 낚시라니, 물고기들 입장에선 마른하늘에 날벼락이겠지만 조과(낚시 성과)만큼은 확실하다.

어디 그뿐인가? 건물을 관리하거나 임장을 다니는 부동산 전문가들에게는 스마트한 눈이 되어준다. 외벽의 누수를 찾기 위해 위험하게 사다리를 탈 필요 없이 드론으로 훑으면 되고, 눈여겨보던 매물의 입지를 하늘에서 한눈에 파악하는 데도 제격이다.

깜찍한 아이디어만 있다면 연인과 가족을 위한 이

벤트에도 활용할 수 있다. 반지를 매달아 날려 보내는 드론 프러포즈를 하면 실패할 수 있을까? 다양한 사례들을 보면 소형 드론으로 처마 밑 말벌집을 제거하거나, 지붕 위에 잃어버린 배드민턴 공을 찾아오는 등 그 쓰임새는 상상력 크기만큼 무궁무진하다.

취미가 용돈이 되는 마법

마지막으로 가장 현실적인 매력 하나. 이 멋진 취미가 쏠쏠한 용돈이 되는 마법 같은 일도 가능하다. 하늘에서 담은 희소성 있는 컷들을 스톡 비디오 시장에 내다 파는 것이다. 내가 즐거워서 찍은 풍경이 수익으로 돌아오는 순간, 당신은 외치게 될 것이다.

"어? 이게 진짜 팔린다고?"

구체적인 실전 노하우는 이 책의 맨 뒤, 부록에서 다루기로 한다. 잠자고 있는 영상 파일을 깨워 매달 페이팔 계좌로 달러를 받는 법. 나만의 든든한 〈드론연금〉 구축 가이드를 보너스로 준비했으니 기대해도 좋다.

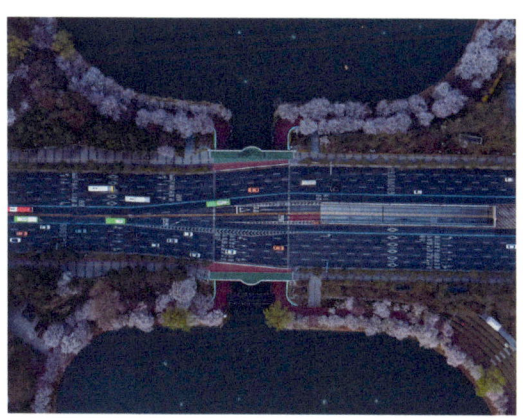

익숙한 풍경을 전혀 새롭게 보여주는 드론 촬영의 매력

비행은 추락을 먹고 자란다

신기술을 맹신하지 말 것

나는 기술낙관론자다. AI가 가져올 장밋빛 미래를 신뢰하고 새로운 기술에 환호하는 편이지만, 적어도 드론 앞에서만큼은 기술을 의심해야 한다고 생각한다. 주변의 드론 입문자들에게 나는 항상 나의 처절한 실패담을 예방주사처럼 놓아주곤 한다.

드론은 점점 똑똑해지고 있다. 전후좌우, 상하에 달린 센서들이 피사체를 추적하고 장애물을 요리조리 피해 다닌다. 광고만 보면 드론을 띄우기만 하면 알아서 자율주행 하듯 날아다닐 것 같다. 하지만 명심해야 한다. 테슬라의 자율주행도 아직 사람의 감시가 필요하듯, 드론의 센서와 두뇌는 완벽하지 않다. 특히 전깃줄이나 앙상한 나뭇가지들은 우리 눈엔 잘 보이지만, 드론에게는 투명망토를 입은 유령과 같다.

아이러니하게도 초보 때보다 비행시간이 늘어날수록 사고의 위험도 늘어난다. 운전이 익숙해지면 긴장이 풀려 사고가 나듯, 드론도 마찬가지다. 잔잔한 호수의 새벽 물안개, 벚꽃이 흐드러진 절경, 설경의 몽환적인 순간에 취해 "조금만 더, 조금만 더 가까이…"라며 욕심을 부리는 그 순간이 가장 위험하다.

화면 속 아름다운 풍경에 몰입해 무아지경에 빠져 있을 때, 갑자기 잘 나오던 영상이 툭 끊긴다. 그리고 조종기에서 울리는 날카로운 경고음과 신호가 끊김을 알리는 메시지는 내 심박수를 수직 상승시키는 공포의 서막이다.

지난 8년간 나는 숱하게 추락했고, 수차례 불시착했으며, 수장될 뻔한 위기도 넘겼다. 단양 자전거 도로에 추락해 반파된 녀석을 우연히 지나가던 프랑스인 가족이 주워다 준 건 약과였다. 진안에서는 야산

중턱에 추락한 녀석을 찾기 위해, 오로지 조종기에 찍힌 마지막 GPS 좌표 하나만 믿고 등산로도 없는 산을 2시간 동안 헤매야 했다. 문명의 이기를 즐기려다 원시적인 체력 단련을 하게 된 셈이다.

스님이 찾아준 드론

내 드론 인생의 가장 압권은 추석을 앞둔 늦여름, 하동에서의 추락이다. 일출 명소로 유명한 언덕 뒤편에는 작은 사찰이 있었다. 그날따라 안개와 구름이 완벽하게 어우러져 나는 넋을 잃고 셔터를 눌렀다. 그러다 방향 감각을 상실했고, "앗" 하는 순간 화면 가득 솔잎이 들이닥쳤다. 그리고 암전.

나는 드론이 내가 서 있는 곳 바로 아래, 우거진 수풀 어딘가에 떨어졌다고 확신했다. 차에 있던 우산과 등산 스틱으로 수풀을 헤집었지만 허사였다. 드론 안에는 이틀 치 촬영 데이터가 고스란히 들어 있었다. 포기할 수 없었다. 급기야 나는 서울로 올라와 친구에게 전동 예초기를 빌려 바로 다음 날 다시 하동으로 내려갔다. "내 키만큼 자란 잡풀만 정리하면 금방 찾을 거야." 그렇게 나는 몇 시간 동안 땀을 비오듯 흘리며 야산의 수풀을 거의 벌초하다시피 뒤졌지만, 끝내 드론은 보이지 않았다. 터덜터덜 빈손으로 산을 내려오는 길, 문득 산 뒤편에 자리한 절이 머릿속을 스쳤다.

정말이지 궁여지책이었다. 나는 지푸라기라도 잡는 심정으로 추락 지점 뒤편에 있는 절에 전화를 걸었다. 혹시 오가다 발견하면 연락 좀 부탁드린다는, 그야말로 밑져야 본전인 호소였다. 설마 그 넓은 산속에서 스님이 그 작은 기체를 보셨을까 싶어 반신반의하던 찰나, 수화기 너머로 믿기 힘든 대답이 들려왔다.

"허허, 저도 드론을 날립니다. 잃어버린 마음 잘 알지요. 제가 다니면서 한번 살펴보지요."

세상에, 드론 날리는 스님이라니! 그리고 2주 뒤, 모르는 번호로 전화가 왔다.

"처사님, 드론 찾았습니다. 예초기로 깎으신 그곳이 아니더군요."

알고 보니 나는 엉뚱한 곳을 확신하고 애먼 풀들만 깎았던 것이다. GPS 로그만 제대로 확인했어도 알았을 텐데, 내 눈과 감을 너무 믿은 탓이었다. 추석 연휴, 사례금을 들고 찾아뵌 스님은 하동 전통차와 함께 곱게 접힌 내 드론을 건네 주셨다. 며칠간 비가 왔음에도 드론은 멀쩡했고, 영상도 무사했다. 불교 신자는 아니지만, 절로 합장이 나왔다. "부처님, 감사합니다."

비싼 수업료가 가르쳐준 단 하나의 진리

이렇게 산전수전, 아니 공중전까지 겪으며 지불한 기체 수리비는 당시엔 꽤 상당했었다. 속은 쓰리지만, 나는 이 돈을 마냥 아깝다고만 생각하지 않기로 했다. 어쩌면 이 뼈아픈 지출은 안전한 비행을 배우기 위해 치러야 했던, 피와 땀과 눈물이 섞인 값비싼 수업료였을 테니까.

덕분에 나는 이제 상황에 따라 무엇을 믿어야 할지 아는 조금 더 노련한 파일럿이 되었다. 비행할 때는 기기의 첨단 센서보다 내 두 눈을 더 신뢰하고, 반대로 애매한 상황에서는 내 흐릿한 기억보다 차가운 비행 데이터를 믿어야 한다는 사실을 깨달은 것이다. 한마디로 요약하자면 이렇다. 감각은 믿되, 기억은 믿지 말자.

하지만 내 드론이 부서지는 것보다 훨씬 더 아찔하고 무거운 문제가 있다. 바로 나의 비행이 누군가에게 상해를 입히거나 재산상의 피해를 주는 경우다. 하늘을 나는 드론은 통제를 잃는 순간 언제든 흉기로 돌변할 수 있다.

따라서 뒤편 부록에서 다시 언급할 한국교통안전공단의 필수 교육 수료는 선택이 아닌 파일럿의 의무다. 귀찮은 숙제라 여기지 말자. 이 과정은 나와 타인을 지키는 법규를 익히는 시간이자, 사고라는 악몽을 예방하는 최소한의 안전 벨트다. 기억해야 한다. 비행의 낭만은 오직 완벽한 안전 위에서만 허락된다는 것을.

은퇴한 드론에 대한 예우

나처럼 얼리어답터를 자처하는 이들에겐 본능적인 감각이 하나 탑재되어 있다. 바로 신기종 영접을 위해 기존 애장품을 중고장터로 빠르게 떠나보내는 기술이다. 신제품이 출시되는 순간 구형 모델의 몸값은 수직 낙하하기 마련이다. 그러니 타이밍을 놓치지 않고 신속하게 처분해야 업그레이드 비용을 조금이라도 더 보전할 수 있다.

특히 디지털 기기의 세계는 냉정하다. 얼마나 오래 썼든, 어떤 종류든 상관없다. 묵힌다고 장맛이 나는 것도 아니기에, 오직 새로운 기기를 위해 헌것을 피도 눈물도 없이 내치는 것. 이 비정한 결단력이야말로 업글 신공의 핵심이자, 지출을 최소화하는 나만의 확실한 재테크 비법이다.

하지만, 나의 반려기기가 되어버린 드론만큼은 이 냉혹한 법칙의 예외다. 앞서 이야기한 진안에서의 추락 사건, 2시간을 헤매 기적적으로 되찾은 드론의 메모리카드를 확인했을 때, 나는 말문이 막혔다. 녀석은 나뭇가지에 걸려 10분 가까이 대롱대롱 매달려 있었다. 그러다 배터리가 다 되어 힘이 빠질 무렵, 엉켜있던 프로펠러가 거짓말처럼 스르륵 풀리면서 마치 깃털처럼 부드럽게 지면으로 착륙하는 게 아닌가. 그 마지막 기록을 보는데 코끝이 찡했다. 마치 주인을 다시 만나기 위해 필사의 버티기 한판을 벌이다가, 내 눈에 가장 잘 띄는 안전한 곳으로 내려앉은 반려 드론의 충심처럼 느껴졌기 때문이다.

이렇게 죽다 살아 돌아온 녀석들을 차마 남의 손에 넘길 수는 없었다. 그래서 신기종으로 갈아탈 때마다 내 방 한구석에는 퇴역한 드론들이 하나둘 쌓여간다. 날개를 접고 쉬고 있는 녀석들을 가끔씩 꺼내어 쓰다듬으며 생각한다.

"고생했다. 너희들 덕분에 내 세상이 조금 더 넓어졌다."

이것은 비록 화려한 스펙으로 무장한 후배에게 밀려 뒷방으로 물러났지만, 한때 내 제3의 눈이 되어 하늘을 누볐던 노병(老兵)을 향한 의리다.

그리고 솔직한 속내를 덧붙이자면, 먼 훗날 성능이

떨어져 구형 취급을 받게 될 우리네 직장인들도 사회로부터 이 정도의 따뜻한 전관예우를 받았으면 하는 소박한 바람이랄까.

논바닥에서 예초기가 될 뻔했던 추락

인생 2막, 곧 이륙합니다

영상이 서 말이어도 편집해야 보배

드론과 사랑에 빠져 전국을 누비는 동안, 내 외장 하드디스크에는 엄청난 양의 영상 파일들이 쌓여만 갔다. 주말마다 수백 기가바이트씩 쏟아져 들어오는 4K 영상들. 처음엔 뿌듯했지만, 어느 순간 덜컥 겁이 났다. '이걸 평생 다시 꺼내 보기는 할까?' 아무리 아름다운 풍경도 다듬지 않고 쌓아두기만 하면 용량만 차지하는 디지털 쓰레기가 될 뿐이었다.

"구슬이 서 말이라도 꿰어야 보배다." 옛말 틀린 거 하나 없었다. 하드디스크에 쌓인 영상이 서 말이라도 편집을 거쳐야 비로소 보배가 되는 법이었다. 나는 기꺼이 영상 편집이라는 또 다른 산을 넘기로 결심했다. 익숙지 않은 툴과 씨름하며 컷을 나누고, 리듬에 맞춰 자막을 얹는 과정은 매 순간이 낯선 벽에 부딪히는 기분이었다. 하지만 흩어져 있던 기억 조각들이 음악과 만나 하나의 근사한 이야기로 재탄생할 때, 그 짜릿한 전율은 하늘을 날 때의 희열 못지않았다.

그런데 사람 욕심이란 게 참 묘하다. 혼자 보고 낄낄거리다 보니 슬슬 궁금증이 도졌다. "내 눈에만 멋진 건가? 남들이 봐도 괜찮은 걸까?" 객관적인 성적표가 필요했다. 그래서 겁도 없이 일을 벌였다. 바로 공모전이라는 정글에 출사표를 던진 것이다. 방구석 파일럿의 무모하고도 화려한 인정 투쟁기는 그렇게 시작되었다.

그때 눈에 들어온 것이 지자체 드론 영상 공모전이었다. 코로나 시기 비대면 관광과 랜선 여행이 확산되면서, 지자체들은 비교적 낮은 비용으로 홍보할 수 있는 방식으로 공모전을 적극적으로 열고 있었다.

주제도 분명했다. 나에게는 실전 과제에 가까웠다.

나는 공모전을 학습의 장으로 삼았다. 영상 전공자들과 같은 무대에서 내 영상이 얼마나 통하는지 시험해 보고 싶었다. 그래서 1년에 4~5곳의 지역을 정해 전국을 다녔다. 화성호의 습지, 진안의 마이산, 하동의 녹차밭. 다양한 지역의 분위기를 어떻게 살릴지 고민하며 편집을 반복했다.

결과는 서서히, 그러나 분명하게 돌아왔다. 처음에는 참가 자체에 의미를 두었으나 점차 입선, 우수상, 최우수상으로 이름이 불리더니 마침내 대상까지 거머쥐었다. 상장과 상패가 방 한쪽을 채워갈수록 마음에 남은 건 단순한 승리감이 아니었다. 그것은 하늘을 날 때와는 또 다른 종류의 묵직한 전율이었다. 가슴 깊은 곳에서 새로운 엔진이 돌기 시작한 기분. 단순한 취미를 넘어선 어떤 뜨거운 열망이, 내 안에서 본격적으로 꿈틀거리기 시작했다.

하드디스크를 탈출한 나만의 사계절

그 무렵이었다. 지도 위 도장 깨기가 어느 정도 마무리되고, 길었던 팬데믹의 터널 끝에서도 희미한 빛이 보이던 때였다. 수십 테라바이트의 하드디스크 속에 갇혀 있던 수많은 계절들이 마침내 세상 밖으로 나올 계기가 생겼다.

지인의 소개로 찾은 문래동의 한 카페는 철공소의 거친 쇳소리와 예술가들의 섬세한 손길이 공존하는 곳이었다. 건축가이기도 했던 카페 사장님은 그 공간이 작은 갤러리가 되길 원했고, 내게 뜻밖의 제안을 건넸다.

"이 영상들, 우리 공간에서 전시해 보면 어떨까요?" 그는 기꺼이 중대형 디스플레이 세 대를 새로 설치해 주었고 포스터를 제작해 문래동 골목길에 전시 홍보까지 해주었다. 0과 1의 디지털 신호로만 잠자던 나의 비행 기록이 모니터라는 좁은 창을 넘어, 처음으로 타인의 공간 위에 내려앉는 순간이었다.

전시의 주제는 스펙트럼(Spectrum). 나는 계절이

빛어낸 아름다움을 세 가지 색으로 풀어냈다. 무채색 화면엔 안 개 낀 새벽 호수와 겨울 산맥, 푸른 화면엔 동해의 파도와 여름의 빛을, 그리고 붉은 화면엔 타오르는 단풍과 노을을 담았다.

세 대의 화면에서 각기 다른 색의 풍경이 흐르자, 커피를 마시던 사람들이 고개를 들었다. 무심코 지나던 걸음이 멈춰 섰다. 높은 하늘에서 내가 느꼈던 전율이 낯선 타인에게 가닿는 모습을 지켜보는 일은 생경하면서도 벅찬 경험이었다.

그 전시는 내 영상이 단순히 저장되어야 할 파일이 아니라, 누군가에게 감동을 주는 작품이 될 수 있음을 확인시켜 주었다. 그렇게 내가 담은 계절들은 하드디스크를 탈출했고, 비행은 이제 나 혼자만의 만족을 넘어 소통이라는 새로운 단계로 날아올랐다.

프로들과의 협업이라는 행운

적막했던 관중석이 다시 함성으로 채워질 준비를 하던 2022년, 개막을 앞둔 스토브리그 기간이었다.

문래동 전시를 다녀간, 평소 알고 지내던 영상 감독님으로부터 연락이 왔다.

"작가님, 이번에 프로야구팀 홈 개막전 홍보 영상을 제작하는데 드론 촬영을 맡아주실 수 있나요?"

순간 귀를 의심했다. 취미로 드론을 날리던 아마추어인 나에게 프로야구단의 공식 영상이라니. 설렘이 먼저 올라왔지만, 바로 뒤따라 겁이 났다. 더욱이 그 팀의 홈구장은 비행과 촬영을 마음대로 할 수 있는 장소가 아니었다. 제한 조건도 많고 승인 절차도 까다롭다. 게다가 피사체가 누구인가. '걸어 다니는 중소기업'이라 불리는 고액 연봉의 스타 플레이어들이다.

시나리오상 기체는 선수들 머리 위를 저고도로 지나가야 했다. 만에 하나 기기 결함이나 조종 실수로 추락이라도 한다면? 손해배상은 둘째 치고, 그 자체로 큰 사고가 된다. 그날 나는 스스로에게 여러 번 되물었다. 이건 감당할 수 있는 일인가.

솔직히 도망치고 싶은 마음도 있었다. 하지만 막상 일이 시작되자 내 걱정은 프로들의 시스템 안에서 자연스럽게 해소되었다. 그들은 나에게 막연한 조심을 요구하는 대신 완벽한 통제를 제공했기 때문이다. 제작사의 협조 공문과 관계자들의 준비가 맞물리자 꽉 막혀 있던 절차가 하나씩 풀려나갔다. 구단 관계자들의 통제로 그라운드는 깔끔하게 정리됐고, 촬영을 위한 동선과 구역도 자로 잰 듯 분명해졌다. 현장은 낭만보다 철저한 계획으로 움직였다. 프로들과의 체계적인 호흡은 톱니바퀴처럼 딱딱 들어맞았고, 덕분에 내 마음도 한결 편해졌다.

하이라이트는 해가 기울 무렵이었다. 개막을 앞둔 2월이라 아직 해가 짧은 저녁. 오로지 촬영을 위해 구장의 거대한 조명탑이 일제히 켜졌다. 대낮처럼 환해진 그라운드 한가운데 서서 영상 감독님과 간단히 기념사진을 찍는데, 설명하기 힘든 벅찬 기운이 온몸을 휘감았다. 영화 〈꿈의 구장(Field of Dreams)〉의 한 장면처럼, 텅 빈 야구장이 잠깐 내 것이 된 느낌이었다. 그 순간만큼은 장난감을 갖고 노는 취미가가 아니라, 프로 촬영 현장의 어엿한 스태프가 되었다.

촬영은 무사히 끝났다. 며칠 뒤 나는 영상 감독님

과 함께 개막전 VIP석에 초대받았다. 수만 관중의 함성이 터지는 가운데, 대형 전광판에 내가 찍은 항공 영상이 비중 있게 들어간 개막 영상이 흘러나왔다. 가슴 안쪽에서 벅찬 감동이 밀려왔다. 2~3분짜리 공모전 영상을 완성했을 때와는 결이 달랐다. 내가 촬영한 영상이 전문가들의 손길을 거쳐 색 보정과 편집으로 다시 태어나 반듯한 기성품이 되어 있었다.

그 감정은 낯설지 않았다. 내가 참여한 디자인의 신제품이 출시돼, TV에 첫 광고가 나올 때의 성취감과 비슷했다. 다만 그날은 조금 더 직접적이었다. 화면 속 장면들이 내가 그 시간에 프로 촬영팀, 그리고 선수들과 함께 호흡하며 만들어낸 결과물이라는 사실이 선명했으니까.

2022년 4월의 그날, 나는 확신했다. 지금까지는 작은 화면 안에서 사용자 경험(UX)을 설계하며 살아왔지만, 앞으로는 더 넓은 화면—하늘이라는 프레임—에도 내 일을 걸어보고 싶다고. 그렇게 영상 작가라는 인생 2막을 조심스럽게 꿈꾸기 시작했다.

드론이 열어준 늦깎이 학업

프로야구 개막전 촬영이 기폭제가 되었을까. 이후 나의 비행 시계는 전보다 훨씬 빠르게 돌아갔다. 주말과 연차를 영혼까지 끌어모아 촬영 현장을 누볐다. 어느 날은 인기 드라마의 엔딩 크레딧에 내 이름 석 자가 조용히 올라가기도 했고, 대학 축제의 뜨거운 열기 위를 드론 카메라로 훑는 짜릿한 경험도 했다.

특히 드론 사진으로 유명 잡지의 특집 기사를 장식할 만큼 내공 깊은 작가님과의 협업은 잊을 수 없는 경험이었다. 사진과 영상으로 각자의 영역을 철저히 나누어 진행된 그 작업은, 내가 네모난 프레임 속에서 마주하는 세계의 폭을 또 한 번 넓혀주었다.

물론 현실의 나는 여전히 사원증을 목에 건 직장인이다. 본업에 묶여 있다 보니 활동할 수 있는 시간에도, 그로 인한 수입에도 여전히 제약이 따른다. 하지만 그 아쉬움을 상쇄하고도 남을 만큼 값진 자산을 얻을 수 있었다. 바로 현장에서 만나는 다양한 크리에이터들과의 끈끈한 네트워크다. 언제나 결과보다 그 과정의 경험을 중요하게 여겨온 내 성격에는, 사람을 얻는 이쪽이 훨씬 남는 장사였다.

그렇게 맨땅에 헤딩하듯 실전을 반복하다 보니 자연스레 이론에 대한 갈증이 찾아왔다. 단순히 잘 찍는 것을 넘어 제대로 파보고 싶다는 욕심. 2023년, 나는 대학원이라는 또 다른 정글에 제 발로 걸어 들어갔다. 늦깎이 대학원생의 이중생활은 그렇게 시작됐다. 낮에는 회사에서 UX 디자인을 하고, 밤에는 학교에서 미디어 이론을 파고들었으며, 주말에는 어김없이 조종기를 들고 밖으로 나갔다.

그리고 지금, 이 글을 쓰고 있는 2025년 가을. 나는 어느덧 대학원 마지막 학기인 5학기를 보내고 있다. 8년 전, 네 개의 프로펠러가 일으키던 그 작고 소란스러운 바람. 그 바람이 조심스럽게 시작된 나의 소확행을 넘어, 이제는 인생 2막을 밀어주는 든든한 순풍이 되어주고 있다.

인디 뮤지션들과 함께 한 명상음악 프로젝트 <Moola Mantra>

중력을 거스르는 확실한 행복

　가끔 밤하늘을 화려하게 수놓는 드론 쇼를 볼 때면 묘한 기분에 잠기곤 한다. 한때 4차 산업혁명의 아이콘으로 불리던 이 기계들은, 이제 AI라는 날개를 달고 더 거창한 미래를 향해 비행 중이다. 머지않아 우리는 하늘을 유영하는 광고판을 보게 될 것이고, 따끈한 피자를 창문으로 배달받을 것이며, 심지어 이 작은 기체에 몸을 싣고 출근하는 날이 올지도 모른다.

　하지만 먼 훗날 도래할 스마트한 세상보다 내게 더 소중한 건, 지금 내 손끝에서 벌어지는 이 짜릿한 비행이다.

드론은 중력에 묶여 평생 땅만 디디고 살아야 하는 우리에게 기꺼이 새의 눈(Bird's eye view)을 빌려 준다. 익숙했던 동네 뒷산이 웅장한 산맥으로 다가오고, 매일 걷던 산책로가 기하학적인 예술 작품으로 변하는 마법. 내게 드론은 세상을 바라보는 제3의 눈이자, 가장 확실한 행복을 물어다 주는 반려기다.

네 개의 프로펠러가 힘차게 돌 때마다 나는 생각한다. 이 날개들이 단순히 기체를 띄우는 것이 아니라, 익숙한 세상을 낯설게 보는 새로운 시선과 도전, 삶을 역동적으로 만드는 배움에 대한 열정, 프레임 밖에서 마주한 새로운 인연, 그리고 다가올 미래를 꿈꾸는 희망을 싣고 내 인생을 비행시키고 있음을.

거창한 미래 기술이 아니어도 좋다. 그저 당신의 일상 위로 시선을 조금만 높여보길 바란다. 그곳에는 우리가 미처 알지 못했던, 가슴 벅차게 아름다운 세상이 기다리고 있으니까.

네 개의 날개가 만드는 기분 좋은 바람, 그 짜릿한 비행의 세계에서 당신과 마주치길 고대하며.

장롱 드론이 되지 않기 위한,
초보 파일럿 필수 체크리스트

　나의 소확행 이야기를 읽고 조금이라도 마음이 동했다면? 축하한다. 당신은 이제 막 하늘을 동경하게 된 예비 파일럿이다. 하지만 지갑부터 열기 전에 잠시 심호흡을 하자. 처음부터 수백만 원짜리 최신 기종을 지를 필요는 없다.

　초심자에게는 이전세대 중고 드론이라는 훌륭한 선택지가 있다. 최근 출시되는 초급 기종들은 크기만 작을 뿐, 4K 해상도에 온갖 안전 센서로 무장하고 있다. 거의 1년 주기로 신제품이 나오므로 한 세대 전 기종을 구입하면 부담 없는 가격으로 충분한 성능을 누릴 수 있다.

자, 드론을 손에 넣었다면 끝일까? 천만에. 진짜 비행은 이제부터다. 당신의 소중한 드론이 베란다 창고행이 되지 잃도록, 비행 전 반드시 거쳐야 할 초보자용 체크리스트를 촬영일 기준으로 미리미리 챙길 것을 간단히 정리해 보겠다.

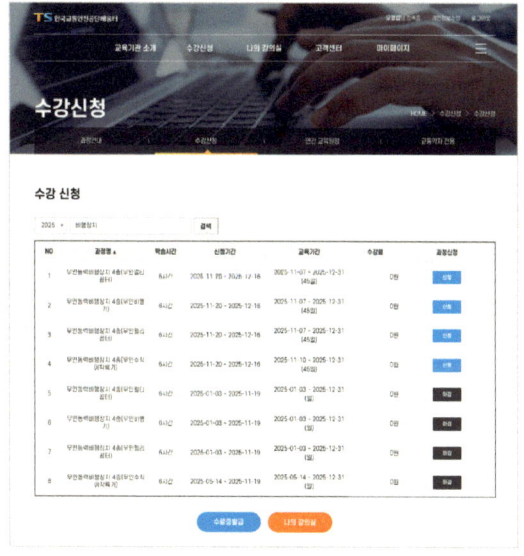

무인동력비행장치 4종 교육에서 '멀티콥터'를 선택하면 된다.

0순위 면허증 취득하기

"이 작은 드론을 날리는 데 면허가 필요하다고?"

그렇다. 2021년 3월부터 법이 바뀌었다. 250g 미만의 초경량 드론을 제외하고, 우리가 흔히 '촬영 좀 한다' 싶은 드론(250g~2kg)들은 모두 '무인동력비행장치 4종' 자격이 필수다.

국가 자격증이라니 벌써부터 비싼 학원비와 골치 아픈 공부 걱정이 앞서는가? 안심하시라. 이 자격증은 무료다. 게다가 100% 온라인으로 진행된다.

과정은 심플하다. 한국교통안전공단 배움터(edu. kotsa.or.kr)에 접속해 (수강신청 메뉴에서 '무인멀티콥터'를 선택하고) 6시간의 온라인 교육 영상을 시청하고, 간단한 객관식 시험을 통과하면 끝이다.

주말 하루, 밀린 넷플릭스 시리즈를 정주행하듯 편안하게 강의를 듣고 나면 당신은 어엿한 국가 공인 드론 파일럿이 된다. 갱신도 필요 없는 평생 자격증이다. 부디 이 과정을 귀찮아하지 말자. 이 교육에는 비행 중 발생할 수 있는 사고를 예방하는 법규와 비상 대처법 등, 나와 타인을 지키기 위한 생존 지식이 담겨 있으니까. 게다가 현실적인 이유도 있다. 만약 무자격으로 드론을 날리다 적발될 경우, 드론 가격보다 비싼 과태료 폭탄을 맞을 수 있다는 사실! 이것은 선택이 아니라 파일럿의 의무이자 생존을 위한 필수 코스임을 명심하자.

D-7 비행/촬영 원스톱 신청하기

면허를 따고 증서를 멋지게 출력해 드론 가방에 넣었다면, 이제 '드론 원스톱 민원 서비스' 사이트와 친해질 시간이다. 이곳은 비행 승인과 항공 촬영 허가를 신청하는, 파일럿들의 관문이다.

UX 디자이너로서 말하자면 이 사이트의 인터페이스는 그리 친절하지 않다. (처음 접속하면 수많은 메뉴에 현기증이 날지도 모른다.) 하지만 한 번만 꾹 참고 내 드론 정보를 입력해 두면, 다음부터는 신청 내역을 불러오기 할 수 있으므로 처음만 잘 극복하면 된다. 사이트 매뉴얼을 보며 차근차근 도전해 보

자. 이 단계에서 출사지가 비행 가능 구역인지 미리 확인할 수 있고 비행 가능 구역이라면 촬영신청만 진행하면 된다. 단, 신청 후 승인까지 휴일 제외 최소 4일이 소요되므로 가능한 여유 있게 일주일 전 미리 신청하는 것이 좋다.

꿀팁: 집 근처 공원이나 자주 가는 촬영지가 있다면, 최대 1년 단위로 길게 기간을 잡아 신청해 두자. 날씨 좋은 날 " 어? 오늘이다!" 싶을 때, 승인 대기 없이 바로 배터리만 챙겨 나갈 수 있다.

D-3 일기예보 점검

드론은 생각보다 예민한 기계다. 비를 맞으면 예민한 카메라나 짐벌에 고장을 일으킬 수 있고 거센 바람을 맞으면 기체에 따라 위험한 상황이 발생하거나 배터리 소모량이 증가하고 촬영한 영상의 떨림이 발생할 수 있다. 시간대별 일기예보 확인이 가능한 촬영 3일 전부터 촬영지의 일기예보를 수시로 확인하자.

드론 원스톱 민원 포털 서비스 (https://drone.onestop.go.kr)

그리고 또 하나 중요한 사실, 드론은 법적으로 일출부터 일몰까지만 비행이 가능하다. 야간 비행은 특별 허가 없이는 불법이다. 출사지의 일출/일몰 시각을 확인하고, 기왕이면 사진이 가장 예쁘게 나오는 골든아워를 노리자. 태양의 각도가 낮아질 때 세상은 더 드라마틱해진다.

D-1 배터리 완충과 촬영 필수품 챙기기

최신 드론은 배터리 하나로 30분을 넘게 날지만, 이 녀석들은 인텔리전트 배터리라는 거창한 이름을 달고 있다. 배터리 수명과 안전을 위해 며칠 이상 사용하지 않으면 스스로 방전을 한다. 즉, 몇 주 전에 완충해 뒀다고 믿고 현장에 갔다가 배터리 잔량 70%를 보고 좌절할 수 있다는 뜻이다. 촬영 전날 밤, 반드시 드론 배터리와 조종기의 완충 상태를 확인하자. 간혹 잊는 경우가 있으므로 메모리카드와 혹시 모를 일부 파손에 대비해 드론 패키지에 제공되는 여분의 프로펠러도 항상 챙겨두자.

D-DAY 한산한 시간대 공략

드론 관련 법규에는 사람이 많이 모인 곳은 비행금지라는 다소 모호한 조항이 있다. 법적인 문제를 떠나, 쾌적한 비행을 위해선 한산한 시간대가 무조건 정답이다. 사람들이 많은 곳에서 드론을 날린다는 것은 꽤 많은 시선을 감수해야 하고 간혹 호기심 많은 사람들이 다가와 많은 질문을 던지기도 한다. 모든 변수를 차단하는 유일한 방법은 부지런함뿐이다. 남들이 이불 속에 있을 이른 아침을 공략하자. 인적 드문 곳에서 맞이하는 아침 햇살의 색온도, 방해꾼 없는 고요한 비행음. 내가 드론을 사랑하는 이유는 그 적막 속에 있다.

준비된 자만이 누릴 수 있는 하늘 풍경, 이제 당신의 차례다.

<드론연금> 따라해보기

앞서 '비싼 수업료'니 '돈보다 사람'이니 하며 제법 낭만적인 소리들을 늘어놓았지만, 이번에는 조금 더 현실적이고 실용적인 이야기를 해볼까 한다. 바로 나에게 쏠쏠한 즐거움을 주는 작고 소중한 부수입에 대한 이야기다. 드론으로 세상과 소통하고 싶은 분들이라면, 망설이지 말고 꼭 한번 시작해 보셨으면 좋겠다.

우선, 직장인이라는 족쇄, 겸업 금지 조항을 걱정하는 분들이 계실 거다. 나 역시 회사의 녹을 먹는 직장인으로서 엄연히 부수입이기에 주의해야 할 점은 있다. 회사마다 규정이 다르므로 확인이 필요하겠지만 일반적으로 부동산 임대업이나 업무와 무관하며 회사의 품위를 해치지 않는 출판, 작곡, 그리고 '디지털 콘텐츠 창작 활동'은 예외로 인정받을 수 있다.

이 합법적인 예외 조항을 통해 내가 찾은 분야는 바로 스톡 이미지(Stock Image/Video) 판매다.

광고나 뮤직비디오, 기업 홍보 영상을 만든다고 상상해 보자. "저 푸른 초원 위에 그림 같은 집을 짓는" 장면이 딱 3초 필요한데, 그걸 찍겠다고 스태프 수십 명을 이끌고 대관령으로 갈 수는 없는 노릇 아닌가. 막대한 비용과 시간을 아끼기 위해 제작사는 이미 잘 찍힌 고퀄리티 영상을 구매해서 쓴다. 바로 그 소스를 공급하는 거다.

"내 영상을 누가 사겠어?"라고 생각한다면 오산이다. 나는 이미 한국에는 잘 알려지지 않은 알짜배기 사이트를 통해 쏠쏠한 재미를 보고 있다. 자고 일어나면 밤새 미국과 유럽의 누군가가 내 드론 영상을 다운로드하고, 내 계정엔 연금처럼 달러가 야금야금 쌓인다. 당신도 할 수 있다! 속는 셈 치고 한번 따라와 보시라.

내 영상의 중개상인, 블랙박스(Blackbox)

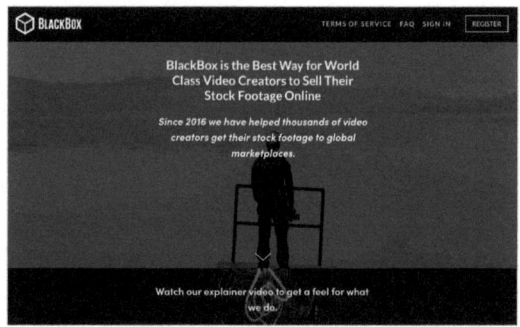

BlackBox.global

내가 애용하는 플랫폼은 블랙박스(Blackbox. global)다. 이름부터 뭔가 있어 보이지만, 쉽게 말해 콘텐츠 도매상이다. 과거에는 내가 찍은 영상을 셔터스톡(Shutterstock), 어도비 스톡(Adobe Stock), 폰드5(Pond5) 등 각 사이트에 일일이 가입해서 따로 올려야 했다. 생각만 해도 귀찮은 일이다. 하지만 블랙박스는 이 과정을 획기적으로 줄여줬다. 여기에 한 번만 올리면, 제휴된 글로벌 5대 마켓에 자동으로 뿌려진다. 비디오 크리에이터는 창작에만 집중하고, 판매와 유통은 플랫폼이 대행해 주는 구조다.

내가 찍은 걸 누가 산다고? (드론이라서 가능하다!)

"난 전문 영상 작가도 아닌데?"

그런 걱정은 접어두시라. 지상에서의 촬영은 조명 세팅하랴, 모델 섭외하랴, 많은 자본과 인력이 필요하지만, 하늘 위는 아직 기회와 평등이 살아있는 무대다. 거추장스러운 스태프 없이 오직 나 혼자서 모든 것을 지휘할 수 있으니까.

150미터 상공에서는 비싼 스튜디오나 화려한 배경이 필요 없다. 그저 좋은 빛과 안정적인 구도를 정하면 그만이다. 안개 자욱한 동네 아파트 단지, 추수 직전의 황금빛 논밭…. 지상에선 평범하기 그지없는 풍경들도 하늘의 시선이 닿으면 상업적 가치를 지닌 유니크한 소스로 다시 태어날 수 있다. 필요한 건 딱 두 가지. 망설이지 않는 자신감, 그리고 평범함 속에서 특별함을 찾아내는 안목이다.

영상 업로드: 자르고, 올리고, 키워드 등록하기

우선 회원가입을 통해 작가 등록부터 해야 한다. 수익을 정산받아야 하므로 여권 사본을 제출해야 하고, 모든 안내가 영어로 되어 있어 조금 번거롭게 느껴질 수 있다. 하지만 겁먹을 필요 없다. 브라우저의 사이트 번역 기능을 켜고 차근차근 따라 하면, 미국 여행 갈 때 신청하는 ESTA(전자여행허가)만큼이나 별거 아니다. 이 작은 관문만 통과했다면 준비는 끝났다. 이제 다음의 단계와 주의사항에 맞춰 영상을 업로드하는 일만 남았다.

• 영상의 핵심 구간을 5초에서 59초 사이의 구간을 (15초 권장) 잘라낸다.

• 과도한 색보정이나 자막은 금물. 구매자가 입맛대로 요리할 수 있게 원본에 가깝게 둔다.

• '초상권'과 '저작권'에 주의. 식별이 가능하도록 사람 얼굴이 노출된다면 초상권자의 동의서가 필요하며 브랜드의 로고가 노출된다면 영상은 기각당한다.

• 웹사이트에서 업로드하고 검색을 위한 제목과 키워드(최대 49개)를 입력하면 끝. 이후엔 블랙박스 검수자가 법적/기술적 검토를 마치고 전 세계 마켓에 진열한다.

꿀팁: 영상마다 영어로 키워드를 49개나 입력하는 꽤 번거로운 일이지만 최근엔 AI에게 영상을 업로드하고 스톡용 키워드를 추출하도록 지시하면 한 방에 처리한다.

가랑비에 옷 젖는 <드론연금>

그럼 올리자마자 바로 달러가 입금될까? 천만의 말씀. 이 바닥은 한 방을 노리는 주식이라기보단, 꾸준히 붓는 적금에 가깝다. 사냥이 아니라 농사라는 얘기다.

나 역시 반신반의하며 씨를 뿌렸는데, 영상이 100개쯤 쌓이고 반년이 지나서야 비로소 첫 싹(수익)이 텄다. 보통 4K 영상 하나가 팔리면 약 20달러 선. 여기서 플랫폼이 수수료 15%를 떼고 입금해 준다.

지난 3년간 시험 삼아 틈틈이 올린 영상은 약 700개, 전업 작가들에 비하면 100분의 1도 안 되는 그야말로 귀여운 수준이다. 그럼에도 여기서 얻은 누적 수익은 약 3,000달러. 앞 장에서 말한 것처럼 용돈 수준이다.

하지만 은퇴 후 이 디지털 자산들을 보다 열심히, 그리고 꾸준하게 쌓아 올린다면? 나는 기대해 마지않는다. 이것이 나에게 훗날 국민연금과 퇴직연금의 뒤를 잇는 든든한 〈드론연금〉이 되어줄 것이라고.

AI로 인한 위기와 K-콘텐츠의 기회

최근 생성형 AI가 쏟아내는 영상들 때문에 스톡 시장 위기론이 심심찮게 들린다. 하지만 나는 도리어 그 속에서 새로운 기회를 본다.

아무리 기술이 발전했다 한들, AI 영상에는 어딘가 모르게 부자연스러운 불쾌한 골짜기가 여전히 존재하기 때문이다. 효율성 면에서도 그렇다. 제작자가 머릿속 상상을 프롬프트로 끙끙대며 구현하는 것보다, 잘 찍힌 고화질의 실사를 눈으로 직접 확인하고 고르는 편이 훨씬 빠르고 정확할 때가 많다.

게다가 지금은 바야흐로 가장 한국적인 것이 가장 세계적인 시대가 아닌가. 우리에겐 익숙한 한국적인 멋과 아름다움이 글로벌 시장에서는 더없이 경쟁력 있는 소스가 될 수 있다. 우리 고유의 색이 묻어나는 피사체를 전략적으로 공략해 보자.

기술은 변해도 '진짜 세상'을 담은 리얼한 영상의 가치는 사라지지 않는다. 망설이지 말고 일단 업로드 버튼을 눌러보라. 당신의 하드디스크 깊은 곳에서 잠자고 있는 그 영상이, 지구 반대편 누군가에게는 그토록 찾아 헤매던 보석일지 모르니까.

지구 소확행 출간 시리즈

지구 소확행 시리즈 P

- PPP

지랄발광 리트리버

지구 소확행 시리즈 N

- 집 리셋 프로젝트

따라만 하면 되는 쉬운 집정리

지구 소확행 시리즈 Q (Quadcopter)

네 개의 날개, 네 가지 행복 쿼드콥터 드론

1쇄 발행 2025년 12월 22일
지은이 오정엽
펴낸이 김영경
펴낸곳 쑬딴스북
표지 디자인 이지선
인디자인 인지예

출판등록 제2021-000088호(2021년 6월 22일)
주소 경기도 파주시 탄현면 헤이리마을길 82-91 B동 202호
이메일 fuha22@naver.com

ISBN 979-11-94047-31-5